Tobias K. M. Mandel

Das Leben So Schön

Schön ist eigentlich alles, was man mit Liebe betrachtet. Je mehr jemand die Welt liebt, desto schöner wird er sie finden.

Christian Morgenstern

Jeder dumme Junge kann einen Käfer zertreten. Aber alle Professoren der Welt können keinen herstellen.

Arthur Schopenhauer

Bibliografische Information der Deutschen Nationalbibliothek:
Die Deutsche Nationalbibliothek verzeichnet diese Publikation in
der Deutschen Nationalbibliografie; detaillierte bibliografische
Daten sind im Internet über http://dnb.dnb.de abrufbar.

1. Auflage

Herstellung und Verlag:
BoD – Books on Demand, Norderstedt

ISBN: 978-3-7481-6705-1

Tag 1

Es war besser, als ich es mir jemals hätte erträumen können.

Tag 2

Es war nicht nur besser, es war perfekt.

Tag 3

Perfekt. Mir fehlten einfach die Worte, die es anders beschreiben könnten.

Tag 257

Ich hatte immer gutes Wetter, nie zu kalt, nie zu warm. Ich bin nicht einmal krank gewesen. Ich hatte nie zu wenig Geld. Immer, wenn ich etwas gewollt habe, hatte ich genau den passenden Betrag in meinem Geldbeutel. Hatte ich Lust auf Gesellschaft, dann gab es plötzlich überall die besten Feste. Wollte ich meine Ruhe, konnte ich jederzeit über einen völlig verlassenen Highway donnern. Alles war, als wäre ich Gott in meinem eigenen Leben.

Wie ein schöner Traum, der nie enden würde.

Tag 1164

So viel Zeit war vergangen. Und noch immer fühlte sich alles vollkommen an. Trauer, Wut oder Zorn waren für mich nicht mehr als entfernte Konzepte. Begriffe, die ich irgendwann einmal gehört hatte und auch wusste, was sie bedeuteten. Aber ich fühlte Nichts davon. Für mich hatte es nur Tage gegeben, die von Anfang bis Ende komplett erfüllt waren. Ich brauchte nur an etwas zu denken und schon wurde es Wirklichkeit. Hatte ich mir Ruhe gewünscht, so war mein Haus auf der Berglichtung frei von Besuchern, nervigen Telefonaten oder störenden Geräuschen. Hatte ich hingegen am Abend Lust eine Party zu schmeißen, so hatte ich die besten Gäste, die man sich nur vorstellen konnte. Dann war nicht nur jeder Song genau der, den ich hören wollte, sondern alles andere stimmte. Ich konnte tun und lassen was ich wollte. Nichts war für irgendwen ein Problem. Und wenn eine Nacht wirklich perfekt werden sollte, dann musste ich es einfach nur geschehen lassen. Und ich glaube, heute hatte ich Lust auf so eine unvergessliche Nacht …

Tag 1165

Heute Morgen wollte ich einfach nur die Abgeschiedenheit genießen. Dieser Gedanke überkam mich, noch ehe ich die Augen aufschlug. Die andere Betthälfte war leer. Meine unbekannte Abendbekanntschaft musste mich bereits verlassen haben. Ich weiß, dass sie wirklich sehr Hübsch gewesen ist. Vielleicht will ich sie sogar wieder sehen. Obwohl ich Unmengen an Alkohol getrunken hatte, fühlte ich mich ausgezeichnet. Ich schwang mich aus dem Bett und ging ins Bad. Licht durchflutete den Raum. Im Spiegel sah ich mein makelloses Abbild. Ich war jung, vielleicht 24 Jahre alt. Aber das spielte keine Rolle. Ich empfand kein Leiden, meine Haut war frei von Falten und ich fühlte mich großartig. Ich stieg die Treppen hinunter in den großen Raum, der Wohnzimmer und Küche in einem war. Ich glaubte, bei der gestrigen Feier sind einige meiner Möbel zu Bruch gegangen. Aber als ich mich umschaute, war alles in bester Ordnung. Als ich den Ausblick sah, der sich auf der Terrasse bot, die hinter dem Küchenbereich lag, da wollte ich mich nur noch mit einem Kaffee und einer Kippe hinaus setzen.

Ein Blick auf die Kaffeemaschine zeigte mir, dass gerade eben der letzte Tropfen des Filterkaffees durchgelaufen war. Die Dame musste gerade erst vor Kurzem gegangen sein, nicht ohne mir diese nette Geste zu hinterlassen. Ich griff in die Schublade, in der eine volle Schachtel Zigaretten lag, füllte Kaffee in die bereitgestellte Tasse und ging hinaus. Es war kein Problem mich dort völlig nackt hinzusetzen. Dafür war es gerade warm genug. Ich zündete eine Zigarette an und zog den Rauch tief und genüsslich in die Lunge ein. Kein Husten, warum auch? In Gedanken ließ ich den gestrigen Abend Revue passieren. Neben meinem besten Freund Colin waren noch zahlreiche gute Bekannte und einige neue Gesichter dabei gewesen. Allesamt Leute, die ich sehr schätzte. Trotzdem war die Nacht nicht ganz so unvergesslich.

Denn irgendwie fehlten einige Erinnerungen.

Tag 1166

Ich war noch nie der Typ gewesen, der gerne mal länger als einen Tag am Stück vertrödelte. Gestern war so ein Tag, an dem ich einfach mal gar nichts tun wollte. Heute war das genaue Gegenteil der Fall. Ich war voller Tatendrang. Etwas zu bauen wäre nicht schlecht. Ein Holzstuhl zum Beispiel. Leider war ich in solchen Dingen nicht sonderlich gut. Leider war ich nicht wirklich handwerklich begabt, aber Colin kannte sich bestens aus. Ich war mir sicher, dass er mir bei meinem Vorhaben helfen würde. Aber noch etwas anderes ging mir durch den Kopf. Die Frau, mit der ich vorgestern die Nacht verbracht hatte. Ich erinnerte mich nur noch daran, dass sie wunderschön war. Bisher war ich mit einem One Night Stand ab und an vollauf zufrieden gewesen und legte im Allgemeinen mehr Wert auf meine Freundschaften, als auf eine Beziehung. Aber irgendwie hatte ich das Gefühl, sie irgendwann wiedersehen zu wollen. Aber ich hatte mir ja noch nicht mal ihren Namen gemerkt.

Aber darum brauchte ich mir nicht lange Gedanken zu machen, denn an der Haustür hing ein Zettel. Ich nahm ihn ab und las:

Ruf mich an, wenn du willst. 111-275203

E.

Es klang anfangs sehr verlockend, aber für den Moment hatte ich andere Pläne. Ich legte den Zettel neben das Telefon und ging nach draußen. Mein Auto war verschwunden. Also drehte ich mich kopfschüttelnd zu meinem Motorrad um. Ich hatte eine vage Ahnung, wo ich mein Auto wieder finden würde. Ich stieg auf mein Gefährt und startete den Motor. Die Schlüssel ließ ich immer an den Fahrzeugen, wer sollte hier auch etwas klauen, wo jeder alles hatte, was er wollte. Wie schon so oft zuvor, brauste ich die Waldstraße den Hang hinunter. Egal, wie oft ich diesen Weg schon gefahren war, mich überkam immer wieder pure Freude, wenn den Wind in meinen Haaren spürte und die Bäume zu beiden Seiten sah. Der Weg endete meistens, wenn ich gerade anfing, genug davon gesehen zu haben. Es folgte eine befestigen Straße. Dahinter lag ein See. Ich bog links herum ab. Wohin die Straße ging, wenn ich rechts fahren würde, wusste ich nicht. Von der ganzen Straße aus konnte man dort nur eine Bergkette sehen. Allerdings hatte mich ein Ausflug dorthin nie gereizt. War vielleicht auch gut so. Auf der linken Seite wiederum folgte nach einigen Kilometern ein Dorf. Es hatte keinen Namen und ich fand auch, dass es keinen brauchte. Es war einfach eine Ansammlung an Häusern, gerade genug, um als Dorf bezeichnet zu werden. Die nächste Stadt befand sich erst viel weiter landeinwärts.

Ich reduzierte die Geschwindigkeit, als ich mich dem ersten Haus näherte. Und genau wie ich es erwartet hatte, stand dort mein Auto. Ich parkte an der Seite, stieg ab und lief zur Haustür. Gerade als ich klopfen wollte, hörte ich eine laute Stimme neben mir:

»Hauen Sie ab! Ich kaufe keine Ihrer blöden Versicherungen!«

»Ach ja?« entgegnete ich. »Wie wäre es dann stattdessen mit einem neuen Auto?«

»Vielen Dank, der Herr! Aber wie Sie sehen können, habe ich bereits ein Gutes.«

Hinter dem Haus kam Colin zum Vorschein. Er strahlte über das ganze Gesicht. Wir umarmten uns.

»Andy! Ich hätte nicht gedacht, dass ich dich so schnell wieder sehe. Dachte, du hättest dich erst mal ein paar Tage unter deiner Decke verkrochen. War ja eine heftige Nummer, die da bei dir gelaufen ist.«

»Keine Ahnung wovon du redest, hab viel vergessen.«

»Ich weiß wie's dir geht, kann mich nicht mehr daran erinnern, wie ich wieder nach Hause gekommen bin.«

»Du kannst von Glück sagen, dass hier keine Bullen unterwegs sind.«

»Da hast du allerdings recht. Und was treibst du so?«

»Wenn ich nicht gerade dabei bin meine Karre zu

suchen, wollte ich mir Zeug besorgen, um endlich eine Sitzecke auf der Terrasse aufzubauen.«

»Lass mich raten: Du hast keine Ahnung, wie du das anstellen sollst?«

Ich schüttelte den Kopf.

Colin seufzte und setzte eine genervte Miene auf, die aber zu überzogen gespielt wurde, als dass ich sie hätte ernst nehmen können.

Er atmete tief ein und sagte: »Na gut, ich helfe dir mit deinem Gartenbau Projekt, aber dafür musst du morgen mit mir den Zaun neu streichen.« Dabei deutete er auf die traurig verfärbten Holzteile, die sein Grundstück umgaben.

»Klingt, als hätten wir einen Deal!«

»Gut, worauf wartest du? Fahren wir. Die Schüssel sind im Wagen.«

»Ach, was du nicht sagst.«

Hinter dem Dorf gab es eine Auffahrt zur Autobahn, die uns wiederum in die Stadt brachte.

»Alter, die Party war echt geil«, bemerkte Colin, der es sich auf dem Beifahrersitz gemütlich gemacht hatte. »Und außerdem scheinst du einen guten Fang gemacht zu haben.«

»Du meinst das Mädel, mit dem ich die Nacht verbracht habe? Kann mich kaum noch an ihr Gesicht erinnern.«

»Ehrlich, sie war wirklich heiß.«

»Wenn du das sagst. Vielleicht sollte ich mich davon vergewissern, immerhin hat sie mir ihre Nummer da gelassen.«

Daraufhin entgegnete Colin nichts. Ich blickte zu ihm herüber und für einen Moment sah ich einen Schatten über sein Gesicht huschen. Etwa zwanzig Minuten später erreichten wir die erste Ausfahrt, die uns zum Industrieviertel brachte. Dort war der Baumarkt. Dort erwischte glücklicherweise einen Parkplatz ganz weit vorne und wollte aussteigen. Aber Colin bewegte sich nicht.

»Was ist los?«, fragte ich.

»Ach, ich weiß nicht, wie ich das sagen soll …«

»Komm schon, spuck's einfach aus.«

»Na gut, also, ich sage das nicht, weil ich dich ärgern will, aber ich glaube nicht, dass du dich nochmal mit dem Mädchen treffen solltest.«

»Wieso denn nicht? Gib's zu, du bist nur neidisch!«

»Nein, das ist es nicht.« Ich hörte, dass seine Stimme ernster wurde. »Ich kann es dir selbst nicht genau sagen, da auch bei mir einige Erinnerungen etwas unzuverlässig sind, aber irgendwas an ihr war nicht in Ordnung. Ich habe gesehen, wie sie sich mit dir unterhalten hat, weißt du davon noch was?«

»Nicht wirklich.«

»Etwas, was sie zu dir gesagt hatte, hat dich für einen Moment lang komisch aussehen lassen. Für einen Moment warst du richtig angsterfüllt. Ich weiß nicht, aber ... die ist nicht gut für dich. Keine Ahnung, wie ich das erklären soll.«

Ich schwieg und versuchte, meine Erinnerungen an diesen Abend wieder abzurufen, aber da war einfach nichts zu machen. Einige Teile der Party hatte ich noch klar vor Augen, aber was rund um die Interaktion mit dem Mädchen passiert ist, war weg.

Vielleicht hatte Colin recht und aus diesem Grund

hatte ich auch keine Erinnerung mehr daran. Vielleicht tat sie mir wirklich nicht gut.

»Also gut, dann lass ich es. Wie heißt es doch so schön: Andere Töchter haben auch hübsche Väter.«

Daraufhin musste er lachen. »Es heißt anders herum, du Hirnakrobat.«

Wir erledigten die Einkäufe und machten uns auf den Weg zurück zu meinem Haus. Unterwegs hielten wir bei Colin, wo ich das Motorrad mitnahm und er den Wagen fuhr. Bei mir angekommen machten wir uns an die Arbeit, die einige Stunden in Anspruch nahm. Als es Abend wurde, betrachteten wir unser fast fertig gestelltes Werk und tranken ein Bier dazu. Wir einigten uns darauf, dass er morgen früh kam, um die Terrassenmöbel fertig zu stellen und wir im Anschluss mit seinem Zaun weiter machten. Er lieh sich mein Motorrad und fuhr heim. Ich ging hinein und sah den Zettel neben dem Telefon liegen. Ich nahm und warf ihn in den Mülleimer.

Wäre er nicht wieder aufgetaucht, dann hätte ich sie vergessen, aber irgendwann holt uns alles wieder ein.

*Der Weg endete meistens, wenn ich gerade
anfing, genug davon gesehen zu haben.*

Tag 1167

Der Geruch von frisch gebratenem Ei und Speck stieg in meine Nase. Ich konnte hören, wie beides in einer Pfanne brutzelte. Daraufhin öffnete ich die Augen und schwang mich aus dem Bett. Ich taumelte schlaftrunken nach unten. Durch meine halboffenen Augen konnte ich sehen, wie Colin gut gelaunt durch meine Küche lief und ein Frühstück vorbereitete. Als er mich sah, lächelte er.

»Morgen Langschläfer. Hunger?«

»Eher weniger. Aber bediene dich ruhig an meinen Vorräten, du Einbrecher.«

»Was kann ich dafür, dass die Tür offen war? Kaffee?«

»Gerne.«

Wir setzten uns, tranken Kaffee und plauderten etwas. Ich hatte nicht vergessen, dass wir heute einiges vor uns hatten. Auch Colin wusste das, denn er aß schneller als üblich.

Im Laufe des Vormittags waren wir weitaus flinker als gedacht. Es war gerade mal elf Uhr als die Sitzecke fertig war. Das war zum größten Teil Colin zu verdanken.

Wir nahmen mein Auto und machten uns auf den Weg zu Colin, um das nächste Projekt in Angriff zu nehmen.

Ich war ganz in die Malerei vertieft. Irgendwann als nicht mehr viel zu machen war, ließ Colin mich alleine, was ich nur am Rande bemerkte. Anders jedoch als jemand unmittelbar an mir vorbeilief. Von meiner sitzenden Haltung aus, mit blick auf den Zaun, konnte ich nur ein hübsches Paar Beine erkennen. Einen Moment lang schien mir dieser Anblick vertraut, aber als ich aufsah, war es nur irgendein Mädchen. Sie lächelte und ich lächelte zurück, ehe ich die letzten Pinselstriche beendete und mich auf die Suche nach Colin machte.

Ich fand ihn hinter dem Haus. Er hatte seinen Grill angefeuert und bereitete uns eine köstliche Fleischplatte zu. Wir aßen Steaks und besprachen die weiteren Pläne für den Abend. Nach den vielen Tagen hier in der Provinz, war es mal wieder an der Zeit, in die Stadt zu gehen um dort Bekannte zu treffen.

So schön es hier auch war, manchmal tat die Stadt auch ganz gut.

Die Innenstadt war riesig und hatte einen schönen Altstadtkern. Auf einem Parkplatz ließen wir das Auto zurück und machten uns auf den Weg in das Innere.

Dort gab es eine Fußgängerzone mit vielen Seitengassen und jeder Menge interessanter Läden, Pubs und Ähnliches. Eben alles, was man sich nur wünschen konnte. Unterwegs blieb Colin plötzlich stehen.

»Scheiße, ich habe meine Kippen vergessen, warte hier, ich geh kurz welche holen.« Und da ging er auch schon los. Ich ließ meinen Blick durch die Menschenmenge schweifen. Er blieb an einem Mädchen hängen, das mir nun doch bekannt vorkam. Sie lief geradewegs auf mich zu. In meinem Kopf überlegte ich mir schon einige Dinge, um sie anzusprechen, aber bevor nur ein Gedanke davon Gestalt annahm, war sie schon da und ergriff das Wort.

Ihre Stimme war wunderschön, aber die Worte, die sie sagte, verwirrten mich.

»Und, hast du bereits darüber nachgedacht?«

Ich war völlig perplex. Alles, was ich zum hervorbrachte, waren einzelne Wortfetzen:

»Ähm … Wie … Worüber denn?«

Sie runzelte die Stirn. »Erinnerst du dich nicht mehr?«

Ich gab keine Antwort.

»Auf deiner Party? Na, klingelt es?«

»Ja … das heißt Nein.«

Sie drehte sich um. »Dahinten kommt dein Freund, dem traue ich nicht über den Weg. Melde dich bei mir und denk an Vita25! Bitte! Du darfst es nicht vergessen!«

Und dann war sie auch schon in der nächsten Seitengasse verschwunden. Kaum das sie gegangen war verblasste die Erinnerung auch schon wieder. Vita25, ein Begriff, der mir zwar vage bekannt vorkam, ich aber beim besten Willen nicht wusste, woher. Ich blieb noch einen Moment mit leerem Blick an Ort und Stelle stehen, als vor meinem Auge eine Zigarette auftauchte.

»Willst du eine?«

»Gern.«

Ich nahm die Zigarette von Colin und richtete meine Aufmerksamkeit wieder auf ihn.

»Sollen wir weiter?« fragte ich ihn.

Wir setzten unseren Weg fort. Das Ziel war unsere Lieblingsbar, wo sicherlich schon einige bekannte Gesichter auf uns warteten. Irgendwann an diesem Abend hatte ich Vita25 und die Begegnung mit dem Mädchen komplett ausgeblendet.

Ich fragte mich, ob es nicht besser gewesen wäre, wenn es so geblieben wäre, aber so wie es aussieht, konnte man nicht ewig davonlaufen.

Tag 1168

Ich wachte in einem Hotelzimmer auf. Es war nichts Besonderes, aber sauber. Außerdem lag es in der Innenstadt. Weder Colin noch ich hatten gestern Nacht noch große Lust, wieder nach Hause zu fahren, also waren wir kurzerhand hiergeblieben. Ich stand auf, zog mich an und ging rüber zu Colins Zimmer auf der anderen Seite des Flurs. Ich klopfte, aber niemand gab Antwort. Erst beim dritten Versuch hörte ich seine verschlafene Stimme auf der anderen Seite.

»Andy, bist du das? Hör mal, mir geht's nicht so gut, lass mich noch etwas pennen, okay?«

»Alles klar«, entgegnete ich und zog alleine los.

Es war nicht viel los auf den Straßen. Ganz in der Nähe gab es ein gutes Café mit Sitzplätzen vor der Tür. Ich setzte mich, zündete eine Zigarette an und wartete auf die Kellnerin. Nach einigen Minuten kam sie und zu meiner Verwunderung hatte sie bereits eine Tasse Kaffee gebracht, ohne dass ich mir welchen bestellt hatte. Sie stellte ihn vor mir ab.

»Bitteschön, der Herr. Der Kaffee kommt von der Dame am hinteren Tisch.« Sie zeigte auf die Sitzgruppe vor dem Eingang und da saß eine ältere Frau, vielleicht Mitte fünfzig. Sie beobachtete mich. Auch ich blickte zu ihr hinüber. Sie kam mir bekannt vor, aber das war unmöglich. Sie sah aus wie die ältere Version von meiner Bekanntschaft. Ihr Gesicht sah etwas ausgezehrt aus, aber sie war immer noch schön. Schließlich stand ich auf, nahm meinen Kaffee und setzte mich zu ihr.

»Vielen Dank für den Kaffee.«

Sie lächelte. »Gerne.«

»Sagen Sie mir, irgendwie kenne ich Sie, aber das ist völlig unmöglich, oder?«

»Sag nichts weiter. Schau auf deine Hände.«

Ich tat es. Und was ich sah, ließ mir einen Schauer über meinen Rücken laufen. Das waren nicht mehr die Hände eines Mittzwanzigers, sondern die eines älteren Mannes. Was passierte hier? Wie war das möglich? Ein kurzer, stechender Schmerz pulsierte durch mein rechtes Bein und mein Gesicht verzog sich.

Als ich wieder die Frau ansah, war sie noch älter geworden. Ein dunkler Schatten zeichnete sich auf ihrem Gesicht ab. Sie beugte sich zu mir vor und sprach mit leiser Stimme.

»Verstehst du es?«

»Was soll ich verstehen? Ich habe keine Ahnung, was hier los ist!« Ich hörte meine Stimme, aber sie klang wie die eines Fremden. Es schwang Verzweiflung mit.

»Alles was du lebst ist eine Lüge«, sagte sie. »Du kannst nicht ewig so sein wie jetzt. Irgendwann verliert Vita25 seine Wirkung und dann kommt die Realität zurück.«

»Vita25? Das habe ich schon mal gehört, aber was …«

»Es ist das Medikament, dass …«

Aber weiter kam sie nicht mehr. In diesem Moment flammte ein erneuter Schmerz in meinem Knie auf und diesmal war er so heftig, dass mir schwarz vor Augen wurde. Die Welt um mich herum verlor ihre Konturen. Alles um mich herum war plötzlich farb- und bewegungslos. Nur die Dame vor mir war nicht davon betroffen. Ihre

Haut wurde immer faltiger und sie sackte langsam in sich zusammen. Ein Windstoß riss Hautfetzen von ihrem Körper und die Knochen kamen darunter zum Vorschein. Ich konnte gerade noch ihren gequälten Gesichtsausdruck sehen, ehe sich dieser auflöste. Die Knochen zerfielen der Reihe nach zu Staub und ein letzter Windstoß wehte ihre Reste davon.

Was genau war hier los?

Dann kehrte die Farbe in die Welt zurück und alles ging seinen gewohnten Gang, als wäre nie etwas geschehen. Aber die Frau war verschwunden. Ich wollte nur noch hier weg. Panisch stand ich auf und ging los. Nein, ich rannte, aber niemand beachtete mich.

Ich wollte unbedingt rauchen. Aus einer Seitengasse schoss ein LKW und nahm die Kurve so stark, dass aus der Ladefläche eine ganze Stange Zigaretten vor meine Füße fiel. Ich rannte weiter. Vielleicht doch lieber einen guten Schluck? Jemand berührte meine Schulter und ich wirbelte herum. Es war ein verwahrloster Mann. Er drückte mir eine Flasche teuren Whiskey in die Hand und grinste mich zahnlos an. Entsetzt ließ ich die Flasche fallen.

Vielleicht konnte Colin mir helfen. Ich hastete zurück zum Hotel. Es war nicht mehr weit. Ich konnte das Gebäude bereits sehen. Alles drückte auf meinem Kopf, die Stimmen der Passanten um mich, die Autos im Hintergrund und der große Uhrturm, dessen Glocken läuteten. Irgendetwas war hier ganz und gar nicht in Ordnung. Ich wollte einfach nur weg von hier. Fast hätte ich es zum Hotel geschafft, aber mein rechtes Bein gab nach und ich stolperte.

Ich fiel hin und wurde ohnmächtig.

Tag 1168?

Ich wachte in einem Hotelzimmer auf. Diesmal lag ich auf dem Boden. Es war dasselbe Zimmer wie gestern. Oder heute? Etwas war anders als sonst. Es dauerte nicht lange, bis ich merkte, was los war. Ich hatte Kopfschmerzen. Seit langem hatte ich Kopfschmerzen. War das ein Kater? Ich sah mich in im Zimmer um. Da lagen zwei leere Flaschen Whiskey. Kein Wunder. Ich glaube, nicht mal ich hielt so viel aus. Und was hatte ich noch genommen? Das war auf jeden Fall ein ganz übler Trip, wenn ich darüber nachdachte, was für eine Scheiße ich geträumt hatte. Es klopfte an meiner Tür und ich hörte die besorgte Stimme von Colin.

»Hey Mann, ich hab einen Knall gehört. Geht es dir gut?«

»Ja, ja. Ich denke schon. Bin aus dem Bett gefallen«, sagte ich mit schwacher Stimme. »Hab es gestern wohl etwas übertrieben. Gib mir ein paar Minuten dann komme ich.«

»Alles klar. Frühstück sollte helfen. Ich warte draußen auf dich.«

»Danke.«

Langsam zog ich mich an. Unter meiner Kleidung lag ein Foto. Es musste aus meiner Jeans gefallen sein. Ein schönes Mädchen war darauf zu sehen. Es war jenes Mädchen von der Party. Wann hatte sie mir das in die Tasche gesteckt? Ich drehte das Foto um und da stand:

Damit du
mich diesmal
nicht vergisst.

Ellie

Lange starrte ich das Foto an. Irgendwann klopfte es erneut an der Tür und ich hörte Colins ungeduldige Stimme:

»Wie lang brauchst du denn noch?«

*Die Innenstadt war riesig und
hatte einen schönen Altstadtkern.*

Tag 1199

Viele Tage waren seit dem mysteriösen Traum vergangen und das Leben nahm seinen gewohnt perfekten Gang. Ich verbrachte viel Zeit damit, mein Haus komplett umzudekorieren, mich regelmäßig mit Freuden, vor allem Colin, zu treffen und mit dem Motorrad durch die Gegend zu fahren. Dabei fuhr ich oft in die Stadt und erwischte mich bei dem Gedanken, dass ich doch heimlich nach dem Mädchen Ausschau gehalten habe. Aber sie tauchte nicht einmal auf. Das Bild von Ellie hatte ich in der Schublade unter dem Telefon verstaut. Meinen merkwürdigen Traum verschwieg ich gegenüber Colin. Und er wiederum hatte mich nur einmal kurz auf den Morgen im Hotel angesprochen. Allerdings genügte ihm die Erklärung, dass ich aus dem Bett gefallen sei, vollkommen.

Ein Teil von mir wollte unbedingt mit Ellie sprechen, ein anderer schien mich permanent davon abzuhalten. Es war schwer einzuschätzen, welche Seite nun stärker war. Außerdem, wie hätte ich sie erreichen sollen? Doch dies änderte sich eines Abends.

Ich war gerade damit fertig, meine Küche aufzuräumen.

Nur den Müll musste ich noch raus bringen. Dabei stellte ich mich nur wenig geschickt an, denn als ich den Plastikbeutel heraus ziehen wollte, kam gleich der ganze Einer mit unter dem Schrank zum Vorschein. Ich fluchte und verschnürte den Plastiksack. Anschließend wollte ich den Eimer wieder unter die Spüle stellen, als mir etwas aufgefallen war. Da lag ein kleines, zusammen geknülltes Blatt Papier. Ich nahm es, entfaltete es und erkannte, dass es die Nummer von ihr war. Ich dachte bis zu diesem Zeitpunkt, dass ich die Nummer längst verloren hätte.

Am späten Nachmittag saß ich auf der Bank im Freien und genoss die phantastische Aussicht, die sich mir bot. Ich trank ein Bier und rauchte. Vor mir lag der Zettel, das Bild von Ellie und das Telefon. Immer, wenn ich nach dem Telefon greifen wollte, hatte ich stattdessen die Bierflasche in der Hand.

Hab dich nicht so und ruf endlich bei ihr an, dachte ich mir.

Ich weiß nicht, wie lange ich so da saß, aber

irgendwann griff ich doch zum Telefon. Es klingelte mehrmals, ehe ich am anderen Ende der Leitung ihre Stimme hörte:

»Hallo?«

»Ähm … auch Hallo! Hier ist Andy.«

Mehr fiel mir im Moment einfach nicht ein.

»Endlich rufst du an! Und? Wie hast du dich entschieden?«

»Ich kann dir nicht folgen. Um ehrlich zu sein, kann ich mich kaum an die Gespräche mit dir erinnern.«

»Die Erinnerungen sind dein Problem? Ich wusste es! Ich war viel zu schnell. Diese Gedanken zu verarbeiten ist schwerer, als ich dachte … Du hast nicht die geringste Ahnung, was ich dir gesagt habe, oder?«

»Nicht den geringsten Schimmer. Halt! Das heißt, irgendwas mit Vita weiß ich noch …«

»Vita25?« Ihre Stimme klang aufgeregt.

»Ja, das könnte es sein.«

»Gut, sehr gut! Dann war nicht alles ganz umsonst. Wir sollten uns aber darum kümmern, dass der Rest auch zurückkommt.«

»Und wie sollen wir das deiner Meinung nach anstellen?«

»Na ja, wenn ich dir wieder alles erzähle, wird es dir wohl kaum was bringen. Am besten wäre, wenn ich es dir einfach zeige.«

»Was willst du mir zeigen?«

»Das wirst du sehen. Wenn ich zu lange auf dich einrede, dann wird sich dein Verstand wieder wehren. Wir treffen uns morgen Abend am Ende der Straße, die von deinem Haus wegführt. Wenn du nicht kannst, dann treffen wir uns am Abend darauf und so weiter. Ich werde warten. Vielleicht erfährst du dann, was …«

Aber weiter kam sie nicht. In diesem Moment knallte es furchtbar laut und die Leitung war tot. Das Geräusch kam nicht aus dem Telefon, sondern von der anderen Seite des Hauses. Kurz darauf folgte ein lautes »*Scheiße*«.

Ich sprang auf und hastete um das Gebäude herum. Der dampfende Motor und der umgeknickte Telefonmast stießen mir sofort ins Auge. Das nächste, was ich erkannte, war Colin.

Er saß noch immer hinter dem Steuer, seine Augen vor Entsetzen weit aufgerissen. Atemlos lief ich zu ihm.

»Colin! Geht es dir gut?«

»Ja«, seine Stimme war klar und deutlich, aber aufgeregt. »Mir ist nichts passiert, aber verdammt! Dein Mast ist völlig im Eimer!«

»Jetzt beruhig' dich erst mal. Hauptsache dir geht es gut. Was ist passiert?«

»Ich habe keine Ahnung. Ich habe plötzlich die Kontrolle über das Auto verloren.«

Colin stieg aus und ich konnte sehen, dass seine Knie zitterten.

»Na komm«, sagte ich. »Wir gehen erst mal rein und sehen dann weiter.«

Der Unfall von Colin hatte mich schlagartig auf andere Gedanken gebracht. Fast hätte ich das Gespräch mit Ellie wieder vergessen.

Aber diesmal eben nur fast.

Tag 1200

Colin blieb die Nacht über bei mir. Der Schock war noch zu groß, um sich ans Steuer zu setzen. Abgesehen davon hatte es den Motor seines Wagens erwischt. Ich fuhr ihn heim. Zuvor rief ich bei der Werkstatt meines Vertrauens an, um Colins Wagen abschleppen zu lassen. Der Weg durch den Wald schien heute besonders lange zu dauern und noch immer klangen Ellies Worte in meinem Kopf:

»Wir treffen uns morgen Abend am Ende der Straße, die von deinem Haus wegführt.«

Als wir bei Colin angekommen waren, sah ich, wie der Abschleppwagen in meine Richtung fuhr. Ich beschloss, dass ich ihnen nicht begegnen wollte und lud mich zum Mittagskaffee bei Colin ein, der natürlich nichts dagegen hatte.

»Denen vor Ort Rede und Antwort zu stehen, da hätte ich auch keinen Bock drauf«, meinte er dazu. »Jedenfalls danke, dass du dich so gut um mich gekümmert hast.«

»Kein Problem!«

»Wenn ich dich nicht hätte!« Seine gute Laune war vollständig wiederhergestellt. »Sag, hast du eine Kippe für mich? Meine sind leider leer.«

»Na klar.« Ich griff in meine Tasche aber zu meinem Erstaunen war da keine Schachtel. Ich hatte sie Zuhause vergessen.

»Ach Mist!« rief ich. »Ich hab sie nicht dabei!«

»Was? Das ist das erste Mal, seit dem ich dich kenne wo du keine Zigaretten dabei hast. Ich glaube, du wirst alt.«

»Sag das nicht so laut, Freundchen. Ich weiß wenigstens noch, wo die Straße ist.«

Darauf mussten wir beide laut lachen. Das taten wir zum letzten Mal.

Am späten Nachmittag verabschiedete ich mich schließlich von Colin und fuhr nach Hause. Die Stille innerhalb meiner eigenen vier Wände wurde schnell unangenehm, also ging ich nach draußen. Da lag noch immer das Bild von Ellie. Ich nahm es in die Hand und drehte es herum. Um ein Haar hätte ich das Bild fallen lassen. Was dort geschrieben stand, hatte sich verändert.

Und ich weiß nicht, warum, aber dies legte meine Entscheidung endgültig fest. Ich stieg in mein Auto und fuhr los. Wann und ob Ellie auftauchen würde wusste ich nicht. Aber als ich den langen Weg bis zur unteren Straße erreicht hatte, stand sie dort bereits. Es war dasselbe hübsche Mädchen wie fast jedes Mal, wo ich sie getroffen habe. Aber ihr Gesichtsausdruck war anders, viel erwachsener. Sie stieg zu mir ins Auto. Um uns wurde es langsam dunkel.

»Schön, dass du gekommen bist, Andreas.«

»Andreas? Seit wann nennt mich jemand so? Aber warte, du heißt auch nicht Ellie, sondern Eleonore, oder?«

Sie nickte. Ich konnte nicht erklären woher, aber ich wusste es einfach.

»Und wo fahren wir hin?«, fragte ich.

»Rechts herum«, sagte sie. »Die Richtung, aus der du gekommen bist.«

Ein ungutes Gefühl stieg in mir auf. Das war die Richtung, in die ich nie gefahren war.

»Hältst du das für eine gute Idee?«

»Es ist die einzige Möglichkeit. Auch wenn ich sie nicht gut finde, aber …«

»Irgendwann ist die Zeit um?«

»Genau.« Sie lächelte. Und genau dieses Lächeln machte sie so bezaubernd schön.

»Wenn ich jetzt losfahre, gibt es kein zurück mehr, oder?«

Sie schüttelte den Kopf, nahm aber meine Hand.

»Deswegen bin ich bei dir.«

Seit ich diese Auffahrt nach unten gefahren war, fühlte ich mich wie ein anderer Mensch. Meine jugendliche Unbeschwertheit fiel von mir ab. Ich kam mir viele Jahre älter vor. All dies spiegelte sich in dem Gesicht von Eleonore wieder. Immer noch schön, aber anders.

Wir bogen rechts ab.

Zunächst erkannte ich keinen Unterschied zwischen dem Weg, der nach rechts führte im Vergleich zum linken. Der Weg führte ebenfalls um den See herum, verlief aber allmählich in die Bergkette, die ich sonst nur von aus der Ferne gesehen hatte. Inzwischen war es komplett dunkel. Verstärkt wurde der Effekt durch die Bäume, die auf beiden Seite der Straße dicht an dicht standen. Wir sprachen die Fahrt über nicht, aber je tiefer wir in den Wald hinein fuhren, desto seltsamer fühlte sich alles an. Auch Eleonore neben mir schien sichtlich angespannt zu sein, sofern wie ich das in dem dämmrigen Licht ausmachen konnte.

»Fahr langsamer«, sagte sie nach einer weiteren halben Stunde.

Ich tat es.

Vor uns erstreckte sich ein Gebäude, das aussah wie ein Bunker. Es gab ein großes Rolltor für Fahrzeuge und eine weitere Tür, die von einem Flutlicht beleuchtet wurde. Wir stiegen aus. Aus dem Kofferraum holte ich eine Taschenlampe. Dann gingen wir zu der Tür. Sie war nicht verschlossen.

»Geh du zuerst«, sagte Eleonore und ich nickte.

Die Tür ging quietschend auf. Das Geräusch hallte laut im Inneren wider. Es war dunkel und ich war froh, dass ich die Taschenlampe mitgenommen hatte. Der Raum war groß, aber fast leer. Nur ein Auto stand in der Mitte des Raumes. Ich ging darauf zu, dicht gefolgt von Eleonore. Je näher ich dem Auto kam, desto merkwürdiger fühle ich mich. Sie schien es zu spüren, denn sie legte eine Hand auf meine Schulter und streichelte sie behutsam. Ich betrachtete das Auto. Es war ein altes Modell und hatte einen schlimmen Unfall hinter sich. Die ganze vordere Beifahrerseite war eingedrückt. Das Stechen in meinem Bein kehrte zurück. Ich rieb es kurz, konnte aber meinen Blick nicht von dem Auto lösen.

»Was ist passiert?«, fragte ich sie.

»Das spielt im Moment keine Rolle. Komm mit, wir müssen weiter.«

Widerwillig löste ich mich von dem Anblick der Karosserie und folgte ihr in den hinteren Bereich. Dort gab es zwei weitere Dinge: Eine Luke, die tiefer in den Bau hineinführte und knapp daneben lag eine Pistole. Eleonore hob sie auf und drehte sie andächtig in ihren Händen.

»Ich glaube, es ist besser wenn du sie nimmst.« Sie gab mir die Waffe und ich ihr dafür die Taschenlampe. Ich prüfte das Magazin und stellte fest, dass es leer war. Aber im Lauf war noch eine Kugel. Woher wusste ich, wie ich damit umzugehen hatte? Ich konnte es einfach. Wir stiegen hinab. Eleonore ging voran, bevor ich Einspruch erheben konnte.

Im Untergeschoss erwartete uns ein schmaler Gang. Immerhin war er beleuchtet. Sie machte die Taschenlampe aus und wir gingen weiter. Der Flur schien nie enden zu wollen und mir gefiel nicht, was uns am Ende erwarten könnte. Unsere Schritte hallten hier unten noch zudem noch viel unheimlicher. Es war beängstigend, aber ich riss mich zusammen, um mit ihr Schritt zu halten. Unterdessen wurden die Schmerzen in meinem Bein schlimmer. Endlich erreichten wir eine Tür und sie lies mir wieder den Vortritt.

Ich betrat den Raum, der ebenfalls nahezu leer und spärlich beleuchtet wie der Rest der Anlage war. Am anderen Ende gab es eine weitere Tür, was aber viel wichtiger war, wartete in der Mitte des Raumes. Eine Person, deren Konturen mir vertraut waren. Als ich mich näherte, hatte ich Gewissheit. Es war Colin, eine knapp zwanzig Jahre ältere Version von ihm. Und noch immer fragte ich mich, was dies alles zu bedeuten hatte. Ich konnte sein Gesicht erkennen. Es war gezeichnet von Qualen und Bedauern.

»Ich wusste, eines Tages würde es soweit kommen«, sagte Colin. »Ich wünschte nur, du hättest auf mich gehört und sie einfach vergessen. Wir hätten noch so viel mehr Zeit gehabt.«

»Aber du weißt ebenso wie ich, dass nichts ewig sein kann, oder?« Eleonore trat hinter mir hervor und stellte sich zwischen uns.

Wir bildeten ein Dreieck.

»Andreas hör zu, du hast nur diese eine Chance, entscheide dich!« Eleonore war wieder deutlich älter.

Ihr Haar hatte weiße Strähnen bekommen und Krähenfüße zeichneten sich um ihren Augen ab. Außerdem war sie mittlerweile total abgemagert. Beide redeten auf mich ein.

»Willst du alles aufgeben?« Colins Stimme war lauter geworden. »All die schöne Zeit? Dein ganzes ... dein ganzes perfektes Leben? Und für was?«

»Die Wahrheit! Nur das zählt. Du kannst nicht ewig einem Traum hinterherjagen.«

Ich war nicht in der Lage, alles zu verarbeiten, was die beiden mir immer wieder sagten. Ich hatte kein Gefühl mehr dafür, was nun Wahr oder Fiktion war, geschweigedenn was richtig oder falsch war. Langsam hob ich die Waffe und bemerkte, dass auch meine Hände die eines alten Mannes waren.

»... du kannst alles haben, was du nur willst. Alles was du tun musst, ist sie zu erschießen und die Sache zu vergessen.«

Als ob das so einfach wäre. Einfach zu vergessen, nachdem man einen Funken der Wahrheit gesehen hatte. Würde ich je wieder vergessen? Konnte ich einfach weitermachen?

»Ich weiß, es ist ein schöner Traum, aber irgendwann ist es an der Zeit, aufzuwachen und weiterzumachen, auch wenn es bedeutet, dass es schmerzt.«

Bei ihren Worten kam mir ein seltsamer Gedanke:

Hast du das denn geschafft, Eleonore? Nein, du hast mich zurückgelassen und den schnellen Weg gewählt. Und ich bin immer noch da.

Es war, als hätte sie meine Gedanken gehört.

»Ich weiß, ich bin die Letzte, die das sagen darf, aber vielleicht kannst du ja aus meinen Fehlern lernen. Bitte, du musst es tun, für uns alle.«

»Blödsinn! Bleib einfach hier. So kannst du das alles auch haben, nur ohne das ganze Leid.«

Ich hatte genug gehört und konnte einfach nicht mehr. Ich richtete die Waffe neu aus und schloss meine Augen.

»Wieso nur?« Dies waren die letzten Worte, die ich hörte, ehe ich abdrückte.

Der Schuss war lauter als jedes Geräusch, was ich in den letzten Jahren gehört hatte. Ich hielt meine Augen geschlossen, wollte nicht sehen, was ich getan habe. Ein Körper fiel zu Boden, Schritte näherten sich und Hände umschlossen meine Schulter.

»Es tut mir so leid, dass du das tun musstest.« Eleonores traurige Stimme klang dicht in meinen Ohren. »Aber jetzt bleibt nicht mehr viel Zeit, du musst weitergehen, nur dann findest du die Antworten, für die du dich jetzt entschieden hast.«

Ich öffnete die Augen. Da lag Colin. Und nun weinte ich.

»Na los, geh schon.« Ihre Stimme klang beruhigend. Ich nickte langsam, ohne den Blick von Colin abzuwenden. Sie gab mir einen leichten Schubs. Ich spürte, wie der Raum um mich herum langsam zu beben begann. Es gab eine Sache, die ich noch von ihr wissen musste.

»Eleonore, wie oft war ich hier schon?«

Sie zögerte. »Dreimal. Dreimal hast du mich statt ihn gewählt.«

Ich nickte und lief los. Ich konnte mich nicht umdrehen. Ich konnte ihr Gesicht nicht mehr sehen. Es schmerzte viel zu sehr. Genauso wie es schmerzte, Colin zu sehen. Das Beben wurde zunehmend stärker, parallel zu den Schmerzen in meinem Bein. Ich schaffte es kaum, die Tür am anderen Ende zu erreichen. Aber irgendwann war ich da. Ich ging hindurch, hinein in einen weiteren Gang, an dessen Ende ein helles Licht schien. Aber je näher ich diesem Licht kam, umso dunkler wurde es.

Irgendwann war alles einfach nur noch schwarz.

Tag 0 – Erwachen

Alle Erinnerungen kehrten zurück.

Der erste klare Gedanke war: Wie viel Zeit war seit dem vergangen? Die Uhr neben mir sagte, dass es zehn Minuten waren. Nur zehn Minuten. So viele Tage, nein, Jahre, in gerade einmal zehn Minuten. Genau dieselbe Zeitspanne verbrachte ich, als ich die Uhr anschaute und darüber nachdachte. So schnell kann sich das Zeitgefühl also ändern. Aber da war nichts zu machen. Der Traum war vorbei. Und die Wirkung funktionierte nur genau einmal, danach nie wieder. Ich drehte mich im Bett herum. Neben mir lag Eleonores lebloser Körper. Die Waffe, mit der sie sich erschossen hatte, war noch immer in ihrer Hand. Die Tränen in meinem Gesicht ignorierte ich und stand auf. Mithilfe meiner Krücke hinkte ich zum Fenster und blickte in das Abendrot. Es war ein schöner Abend. Um sicher zu gehen, dass ich wirklich keinen bleibenden Schaden hatte, ging ich mein Leben in Gedanken noch einmal durch.

Mein Name ist Andreas, auch wenn ich in meinen jungen Jahren oft einfach nur Andy gerufen wurde worden war. Ich hatte eine glückliche

Kindheit gehabt. Das war in einem Dorf, wo ich zusammen mit meinem besten Freund Colin aufgewachsen war. Wir waren unzertrennlich gewesen. Für unser späteres Studienleben zog es uns in die Stadt. Wir waren der Mittelpunkt vieler Events und Partys. In dieser Zeit lernte ich meine spätere Frau Eleonore kennen. Neben dem Studium war ich Sportschütze gewesen, ein Hobby das ich bis zum heutigen Tag beibehielt. Ich arbeitete nach dem Studium bei einer Versicherung und war mit dem Verlauf, den mein Leben genommen hatte vollkommen zufrieden. Die Partys wurden irgendwann weniger, aber die Freundschaft zu Colin blieb. Bis zu jenem Tage, als er Vierzig wurde.

Das war vor dreiundzwanzig Jahren. Colin war immer lebensfroh gewesen und er wünschte sich zu seinem Geburtstag nichts mehr, als einmal wie in den guten alten Zeiten zusammen mit seinem besten Freund Urlaub zu machen. Natürlich konnte ich ihm diesen Wunsch nicht ausschlagen. Wir fuhren zusammen los, aber dann passierte etwas, womit ich nie gerechnet hätte. Wir hatten einen schlimmen Unfall. Und bis heute weiß ich nicht, wie genau es passiert ist. Ich bin gefahren, als ich plötzlich die Kontrolle über das Auto verloren hatte und rechts in den Straßengraben fuhr. Ein Baum erwischte die rechte Hälfte des Autos. Colin war sofort tot und mein Bein war komplett zertrümmert. Dies war der erste große Einschnitt in mein Leben. Schon damals habe ich überlegt, Vita25 zu nehmen um einfach vor allem fliehen zu können. Aber ich hatte Eleonore und wusste, dass sie mich brauchte.

Vita25, ein Medikament, das verspricht, dein Leben für immer zu verändern. Es wirkte genau einmal, vollkommen ohne Nebenwirkungen und war sogar legal erhältlich. Aber mit einer lebensverändernden Wirkung: Man erlebt die schönste Zeit seines Lebens für einen sehr langen Moment, obwohl im echten Leben kaum Zeit vergangen ist. Der Haken ist, dass man diese Erfahrung nie wieder wiederholen konnte. Vor einem halben Jahr wurde bei Eleonore Krebs diagnostiziert. Da war sie bereits in einem unheilbaren Stadium. Sie hatte mir immer gesagt, dass wenn der Tag kommt, an dem sie die Schmerzen nicht mehr aushält, sie es einfach beenden würde. Und heute hatte sie es getan. Jetzt hatte ich niemanden mehr auf der Welt. Ich setzte mich neben ihr auf das Bett und blickte auf ihren leblosen Körper. Sie hatte nichts gesagt, nur dass sie sich nochmal etwas hinlegen wollte. Ich nahm die Pistole aus ihren Händen und betrachtete sie lange. Dann blickte ich zum Fenster, um den wirklich letzten schmalen Streifen Rot am Horizont zu sehen.

Es war ein schöner Tag gewesen.

Ende

Bildmaterial

Alle in diesem Buch vorkommenden Bilder, Zeichnungen sowie das Coverbild stammen von der Website www.pixabay.com

Dort sind viele Künstler, die eine Menge an guten Sachen herstellen und hier natürlich mit ihrem jeweiligen Benutzernamen genannt werden:

- ➤ Das Coverbild von *mary1826*

- ➤ Die erste Straße von *valiunic*

- ➤ Das Bild mit dem Weg von *bertvthul*

- ➤ Die Stadtmitte von *Free-Photos*

- ➤ Der Post-It von *OpenClipart-Vectors*

- ➤ Fotorückseite von *VintageSnipsAndClips*

Jede Originaldatei die in diesem Buch verwendet wurde unterliegt der Public Domain Lizenz.

Danksagung

Einen ganz besonderen Dank möchte ich an dieser Stelle meinen zwei Korrekturlesern zuteil kommen lassen.

Mit sehr viel Geduld ~~und Mühe~~ **[ein Adjektiv reicht]** haben die beiden jede Zeile des Textes durchgearbeitet, mir mit der richtigen Zeitform ~~halfen~~ (geholfen haben).

Zum einem **Lisa Helbig**, die ihrerseits viel liest und ein wahres Genie für Grammatik ist. Auch wenn sie selbst noch nichts veröffentlicht hat, kann ich sagen, dass sie wundervoll ironische Texte schreiben kann.

Und dann wäre da noch **Daniel Spieker**. Daniel hat bereits mehrere Bücher veröffentlicht (zum Beispiel „Ausgelöscht") und arbeitet gegenwärtig als Spieleentwickler bei »SmokeSomeFrogs«.

Ohne euch wäre der Text niemals so geworden, wie er jetzt ist. Außerdem hatte ich viel Spaß beim Lesen der Korrekturen, die harmonisch aufeinander aufgebaut waren.

Beispiel 1:

Ruf mich an, wenn du willst.

111-27520 [wasn das für ne Nummer]

E.

(Die Schönheit von letzter Nacht schien diese Nachricht verfasst zu haben. WER DENN SONST[**Jau, wer sonst alter D:**]?!)

Beispiel 2:

»Guten Morgen, Schlafmütze.[**sind die 80 oder so**] Hunger?«

Vielen Dank euch beiden!

Mehr von Tobias K. M. Mandel

DER AFTERMATH EFFEKT

EINE RAYMOND ASHFORD GESCHICHTE

INHALT: EINE MYSTERIÖSE WELLE VON SELBSTMORDEN, HERBEIGEFÜHRT DURCH EINE ÜBERDOSIS AN HEROIN HÄLT DIE ENGLISCHE STADT HAVEN IN ATEM.

UNTER DEN OPFERN BEFINDET SICH DER COUSIN DES PRIVATERMITTLERS RAYMOND ASHFORD.

DIESER GLAUBT JEDOCH NICHT AN DIE VERMEINTLICHEN SELBSTMORDE UND BEGINNT ENTGEGEN DER ÖRTLICHEN POLIZEI SEINE EIGENEN ERMITTLUNGEN ...

ISBN: 978-3-7481-1095-8

Leseprobe aus „Der Aftermath Effekt"

»Ja, weiß ich. Aber hältst du das ganze für eine gute Idee? Du weist was mit Ricky passiert ist.«

Die Stimme am anderen Ende klang leicht ungeduldig: »Das hatten wir doch schon so oft. Abgesehen von der großartigen Bezahlung können wir es diesem Mistkerl heimzahlen! Du wirst sehen. Jetzt geh und erledige deinen Teil und pass' auf dich auf. Ich will nicht noch einen Bruder im Knast.«

»Okay, du hast recht. Keine Sorge, ich werd' dich nicht enttäuschen!«

Er legte auf und verstaute das Handy wieder in seiner Tasche. Elegant kletterte er Geräuschlos über den fast drei Meter hohen Zaun und landete leise und sicher auf der anderen Seite. Soweit war es einfach.

Die Schwierigkeit bestand nun darin, den richtigen Moment zwischen Wachposten abzuschätzen und in keine Kamera hinein zulaufen.

Um zwei der Wachen auszuweichen bewegte er sich vom Zaun aus in Richtung linke Seite des Hauptgebäudes und blieb dabei immer im Schatten.

Der dritte Mann des Sicherheitspersonals lehnte gegen einen Pick-Up, der auf dem großen Hof parkte. Coby wartete bis der Mann seinen Kopf nach links drehte und auf den Eingang schaute bevor er sich neben ihn stellte und ihn mit einem gezielten Schlag an die Schläfe außer Gefecht setzte.

Noch bevor der Wächter auf den Boden knallte, fing Coby den Sturz des Mannes ab, schleifte ihn hinter das Auto und presste ihm ein mit Chloroform getränktes Tuch in sein Gesicht um sicherzugehen, dass er nicht vorzeitig erwachte. Jemanden umzubringen war nicht seine Art.

Coby späte hinüber zum Hauptgebäude und erkannte wie erwartet die Leiter, die auf das Dach führte. Er hechtete hinüber, kletterte schnell die Leiter hinauf und lief geduckt zu dem Belüftungssystem.

Vor allem am alten Hauptgebäude, das wenig genutzt wurde, sparte CLAB in der technischen Überwachung ein und konzentrierte sich auf das Außenpersonal. Dies nutzte Coby zu seinem Vorteil.

Er brauchte nicht mehr als einen Schraubenzieher, den er aus seiner Gürteltasche, wo auch das Chloroform getränkte Tuch verstaut war, herauszog.

Nach wenigen Sekunden lagen vier Schrauben neben dem geöffneten Gitter des Lüftungsabzuges. Er hob es beiseite und kroch hinein. Coby hatte den Geländeplan auswendig gelernt und wusste genau, welche Abzweigungen er nehmen musste um zu dem richtigen Labor zu gelangen.

Es befand sich im hinteren Teil des alten Hauptgebäudes. Da es wenig genutzt wird, erwartete Coby dort auch kein Sicherheitspersonal. Und er hatte recht.

Als er erneut ein Gitter, welches sich an der Wand eines Ganges befand auf-schraubte, die Abdeckung im Schacht beiseite schob und Kopf vorsichtig hinaus streckte, sah er niemanden.

Er sprang auf den Flur und folgte den Gang in nördlicher Richtung, bis er vor einer Tür stand. Jetzt benutzte er eine ID-Karte, die er einen Tag zuvor erhalten hatte und die Tür sprang auf.

Dahinter führte eine Treppe nach unten in den Keller. Coby stieg hinab und fand sich in einem neu gebauten, provisorischem Labor wieder.

Während er sich umschaute, rief er sich nochmal seine Ziele in den Kopf, die ihm sein anderer Bruder aufgetragen hatte:

»Finde den Tresor im Labor am Ende des nördlichen Gebäudetraktes und nimm alles mit. Darin müssten Dokumente sowie fünf Phiolen mit einer Flüssigkeit aufbewahrt sein.«

Im Raum befanden sich einige Mikroskope, Arbeitsplatten, Stühle und was sonst noch zu einem durchschnittlichen Labor gehörte.

Der Raum war sehr hell und Steril. Eine Tür führte in einen benachbarten Raum. Und da hier kein Safe war, ging Coby in den anderen Raum.

Dort sah er ihn. Er benutzte erneut die ID-Karte und tippte das sechsstellige Passwort ein, dass er ebenfalls seit gestern kannte.

Der Tresor sprang auf. Er verstaute den Inhalt in seiner Gürteltasche, wobei er das Dokument knickte, damit es hineinpasste.

Jetzt, da er alles hatte, was er hier brauchte, schlug er den Safe wieder zu und verließ das

Labor. Im Gang sprang er mit Leichtigkeit in den Lüftungsschacht und schraubte das Rost wieder fest.

Er kletterte den ganzen Weg zurück, verschloss das Gitter auf dem Dach und kletterte hinunter.

Auch das Entkommen aus dem Hof verlief ohne Probleme. Die Wache, die später von Cobys Schlag aufwachte, wird denken, dass sie eingenickt sei und mit dem Kopf gegen den Pick-Up flog, was den langen K.O. Zustand erklären würde.

Denn niemand sonst hatte etwas bemerkt.

Erst als er einen sicheren Abstand zwischen sich und dem Laboratorium brachte, holte Coby wieder sein Handy hervor, stellte sich neben eine Mülltonne, jederzeit bereit das Mobiltelefon nach dem Gespräch darin zu entsorgen.

Am anderen Ende meldete sich erneut die tiefe Stimme, diesmal jedoch viel erfreuter: »Brüderchen, wie ist es gelaufen?«

»Alles nach Plan, ohne besondere Vorkommnisse. Ich habe alles, was du wolltest«

»Ich verstehe. Sehr gut, ich bin stolz auf dich!«

»Du kennst mich doch«, entgegnete Coby und grinste. »Wir treffen uns in einer halben Stunde an unserem Versteck. Bis gleich, Niro.«

Dann legte er auf, warf das Handy in eine nahegelegene Mülltonne und rannte los.